1. Lesestufe

Katja Königsberg

Eine Freundin für Prinzessin Isabella

Mit Bildern von Betina Gotzen-Beek

Ravensburger Buchverlag

Bibliografische Information der Deutschen Nationalbibliothek:

Die Deutsche Nationalbibliothek verzeichnet diese Publikation
in der Deutschen Nationalbibliografie.
Detaillierte bibliografische Daten sind im Internet
über **http://dnb.d-nb.de** abrufbar.

1 2 3   14 13 12

Ravensburger Leserabe
© 2012 Ravensburger Buchverlag Otto Maier GmbH
Umschlagbild: Betina Gotzen-Beek
Umschlagkonzeption: Sabine Reddig
Redaktion: Birgit Glasmacher

Printed in Germany

ISBN 978-3-473-36265-3

www.ravensburger.de
www.leserabe.de

Inhalt

Prinzessin Isabella

Die kleine Prinzessin Isabella
steht vor dem Spiegel.
Sie will sehen,
ob ihr das neue Kleid passt.

Ihr Vater, der König,
hat es ihr heute Morgen geschenkt.

Ja, das Kleid passt sehr gut!
Es ist wirklich schön,
aus feinster Seide,
mit einem langen Rock
und einem engen Gürtel.

Trotzdem seufzt Isabella.
Sie hat so viele Kleider,
dass sie sich kaum noch
über ein neues freut.

Die kleine Prinzessin
ist die einzige Tochter des Königs.
Ihr Vater verwöhnt sie,
wo er nur kann.

Sie hat nicht nur viele Kleider,
sondern auch viele Spielsachen.

Sie wohnt in einem großen Schloss
mit vielen Zimmern.

Viele Diener lesen ihr jeden Wunsch
von den Augen ab.
Viele Köche kochen Tag für Tag
ihre Lieblingsgerichte.

Eigentlich hat Isabella
von allem zu viel.
Nur eins hat sie nicht:
einen Freund oder eine Freundin.

Sie findet das Leben im Schloss
oft schrecklich langweilig.

Isabella schaut ihrem Spiegelbild
nachdenklich in die Augen.

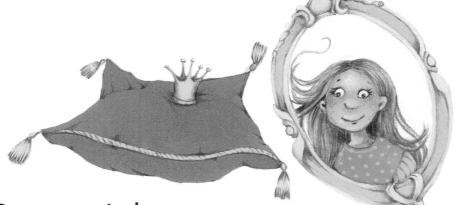

Dann sagt sie:
„Eigentlich bist du schön blöd!
Warum läufst du nicht einfach weg?"
Das Spiegelbild gibt keine Antwort.
Aber es lacht.

Eine Rose für Isabella

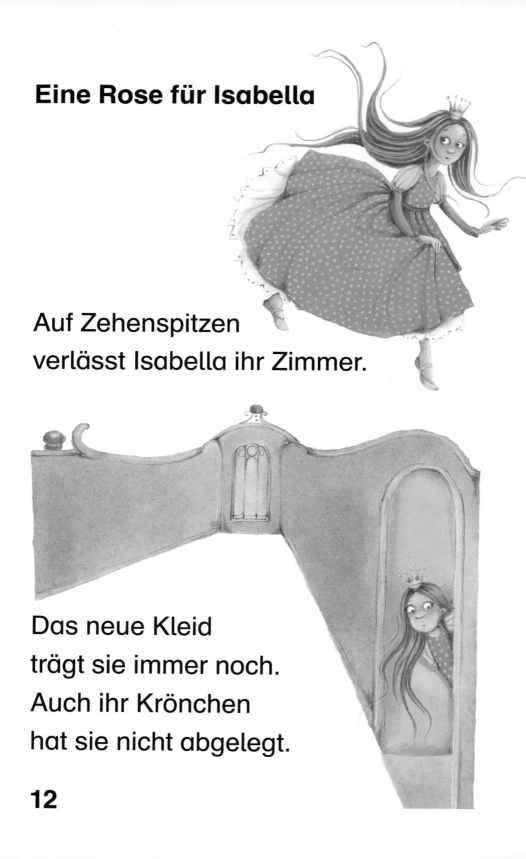

Auf Zehenspitzen
verlässt Isabella ihr Zimmer.

Das neue Kleid
trägt sie immer noch.
Auch ihr Krönchen
hat sie nicht abgelegt.

Sie schleicht über den Flur
und die Treppe hinunter.

Sie öffnet die Tür
nur einen Spalt
und schlüpft hinaus.
Keiner sieht sie.

Schon ist sie im Garten.
Dort atmet sie auf.
Es ist nicht mehr weit
bis zum Schlosstor.

Da sagt eine Stimme:
„Na, Prinzessin,
wo willst du denn hin?"

Über eine Hecke schaut Anton,
der alte Gärtner.
Er gießt die Rosen.

15

„Ich mache nur
einen kleinen Spaziergang
ums Schloss.
Gleich gehe ich wieder
zu meinen Spielsachen",
antwortet Isabella.

Der alte Gärtner
nickt ihr verständnisvoll zu
und meint:
„Etwas frische Luft
tut dir sicher gut."

Anton schneidet eine Rose ab
und gibt sie der Prinzessin.

Isabella steckt die Blume
in ihren Gürtel.
„Danke!", ruft sie und läuft davon.

Unten im Dorf

Mit klopfendem Herzen
erreicht Isabella das Schlosstor
und tritt ins Freie.

Zum ersten Mal hat sie
den Schlossgarten verlassen.
Einen Augenblick zögert sie,
dann läuft sie über die Brücke.
Im Weiher darunter
quaken die Enten.

Isabella rennt die Straße entlang.
Schon von Weitem hört sie
Geschrei und Gelächter.
Da spielen Kinder!
Nichts wie hin!,
denkt Isabella.

Sie läuft immer schneller,
bis sie zu einem Spielplatz kommt.
Die Kinder lärmen und lachen,
rennen und toben,
schaukeln und klettern.

Ein Mädchen kommt auf sie zu
und sagt: „Spiel doch mit!"
Isabella spielt mit den Kindern.
Marie ist immer an ihrer Seite.

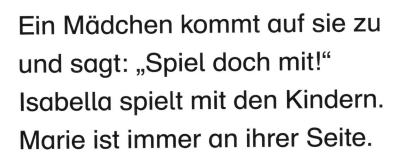

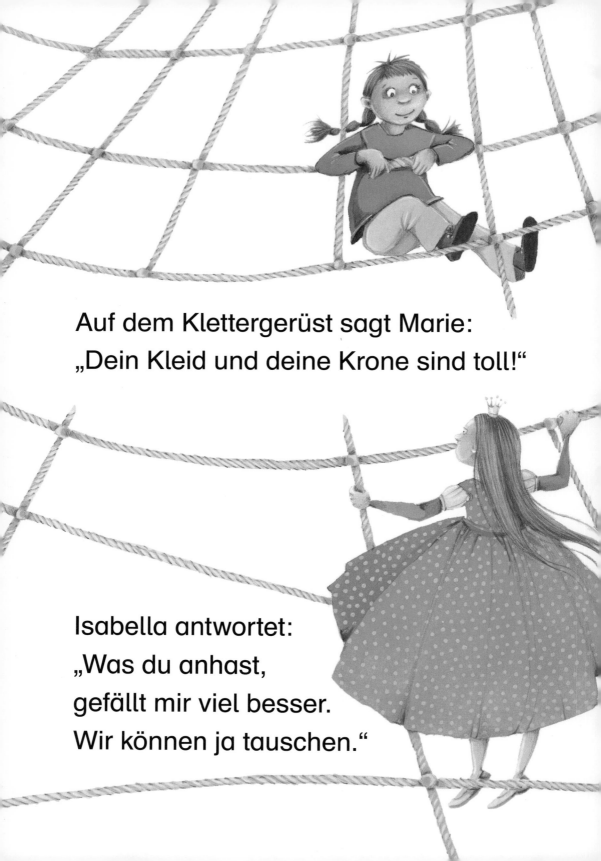

Auf dem Klettergerüst sagt Marie:
„Dein Kleid und deine Krone sind toll!"

Isabella antwortet:
„Was du anhast,
gefällt mir viel besser.
Wir können ja tauschen."

Schon hat Isabella
Jeans und T-Shirt an.
Marie trägt das Seidenkleid
mit der Rose des Gärtners im Gürtel.
Beide strahlen vor Freude.

Aber im Schloss wird die Prinzessin
inzwischen vermisst.
Der König schickt seine Diener aus,
um Isabella überall zu suchen.

Endlich kommen die Diener
auch auf den Spielplatz.
Da sehen sie Marie
mit Krönchen und Seidenkleid
und halten sie für Isabella.

Nur die Kinderfrau fragt:
„Ist sie das wirklich?"

Der Gärtner ruft:
„Ja, natürlich, sie ist es!
Sie trägt doch die Rose,
die ich ihr geschenkt habe.
Schnell ins Schloss mit ihr!"

28

Isabella ist sehr erschrocken.

Aber Marie flüstert ihr zu:

„Ich bin gern mal
Prinzessin für einen Tag!"

Dann nehmen die Diener sie mit.

Für immer und ewig

Oben im Schloss wird Marie
in Isabellas Zimmer gebracht.
Sie hat Stubenarrest.
Der König hat es befohlen.

Marie staunt
über die vielen Spielsachen,
über den großen Spiegel
und das weiche Himmelbett.

Sie probiert alles aus
und fühlt sich wie eine echte Prinzessin.
Leider sind ihre Freunde nicht da!

Und was macht Isabella,
die echte Prinzessin?

Sie spielt auf dem Spielplatz.
Sie hat viel Spaß.
Die Zeit vergeht wie im Flug.

Aber am Abend müssen
die andern Kinder nach Hause.
Plötzlich ist Isabella allein.
Da will sie zurück aufs Schloss.

Schnell rennt sie los.

Außer Atem erreicht sie ihr Zimmer.

Doch die Tür ist verschlossen.

Mit beiden Fäusten trommelt

Isabella gegen das Holz.

Plötzlich steht der König hinter ihr
und fragt:
„Wer bist du denn?"
Isabella dreht sich um und sagt:
„Ich bin deine Tochter!"

Die Diener schließen die Tür auf.
Marie kommt heraus.

Nun stehen die beiden Mädchen
Hand in Hand nebeneinander
und erzählen dem König alles,
was sie erlebt haben.

Marie sagt:
„Wir sind Freundinnen!"
Isabella sagt:
„Für immer und ewig!"

Da lächelt der König.
„Das soll gefeiert werden!"

Am nächsten Tag gibt es
im Schloss ein großes Fest
für Isabella und Marie
und für alle Kinder des Dorfes.

Leserätsel

mit dem Leseraben

Super, du hast das ganze Buch geschafft!
Hast du die Geschichte ganz genau gelesen?
Der Leserabe hat sich ein paar spannende
Rätsel für echte Lese-Detektive ausgedacht.
Wenn du Rätsel 4 auf Seite 42 löst, kannst du
ein Buchpaket gewinnen!

Rätsel 1

In dieser Buchstabenkiste haben sich vier Wörter
aus der Geschichte versteckt. Findest du sie?

F	S	E	R	B	Y	K
E	R	R	T	Z	E	Ö
S	L	P	X	I	U	N
T	A	D	O	R	F	I
Q	Ü	M	N	C	Z	G
F	R	O	S	E	W	D

Rätsel 2

Der Leserabe hat einige Wörter aus der
Geschichte auseinandergeschnitten.
Immer zwei Teile ergeben ein Wort.
Schreibe die Wörter auf ein Blatt!

-ter   Toch-

Spiel-   -keln   -platz

Kro-   -ne   schau-

Rätsel 3

In diesem Satz von Seite 23 sind sechs falsche
Buchstaben versteckt. Lies ganz genau und trage
die falschen Buchstaben der Reihe nach in die
Kästchen ein.

Dieg Kinder lärmen und laachen,
rennern und tobetn,
schaukeln uend kletternn.

1	2	3	4	5	6

Rätsel 4

Beantworte die Fragen zu der Geschichte.
Wenn du dir nicht sicher bist, lies auf den Seiten
noch mal nach!

1. Woraus ist das Kleid der Prinzessin? (Seite 5)

S : Es ist aus feinster Seide.

R : Es ist aus kratziger Wolle.

2. Wo wohnt Isabella? (Seite 8)

U : Sie wohnt in einem Haus am See.

I : Sie wohnt in einem großen Schloss.

3. Wer gibt der Prinzessin eine Rose? (Seite 18)

G: Der alte Gärtner Anton.

A: Der König.

Lösungswort:

1	P 2	E 3	E	L

Rabenpost

Jetzt wird es Zeit für die Rabenpost! Besuch mich doch auf meiner Homepage **www.leserabe.de** und gib dort unter der Rubrik „Leserätsel" das richtige Lösungswort ein. Es warten außerdem noch tolle Spiele und spannende Leseproben auf dich! Oder schreib eine E-Mail an **leserabe@ravensburger.de**. Jeden Monat werden 10 Buchpakete unter den Einsendern verlost! Natürlich kannst du mir auch eine Karte schicken.

An den LESERABEN
RABENPOST
Postfach 2007
88190 Ravensburg
Deutschland

Ich freu mich immer über Post!

Dein Leserabe

Lösungen:
Rätsel 1: König, Rose, Dorf, Fest
Rätsel 2: Spielplatz, Krone, Tochter, schaukeln
Rätsel 3: Garten